나는
임원항으로
간다

김서해 시집

나는
임원항으로
간다

내 삶의 아름다운 흔적을 위해

내 생애 54번째 겨울을 맞이하며
첫 시집을 선보이게 되었습니다.
사랑스런 외동딸 보빈이와
추억을 만들고 싶었기 때문입니다.
훗날, 보빈이가 세상을 살아가다가
절망하거나, 외롭거나, 힘에 부쳐서
엄마의 품이 그리울 때 따뜻한 위로가 되어
주고 싶었습니다.
실컷 울기도 하고, 맘껏 웃기도 하면서
삶의 비타민이 되어주고 싶었습니다.
오늘 이 시간을 시작으로
언젠가 생을 마감하는 그 순간까지
내 삶의 흔적이 글 속에 온전히 남아 있기를 바라며
연필을 놓지 않으려고 합니다.

살아가는 걸음걸음마다 글과 동행하겠습니다.
끝까지 나를 지켜 주면서 격려를 아끼지 않은 벗들과
평생 내 편이 되어 나를 지켜 준 남편과 사랑하는 딸에게
이 시집을 바칩니다.

2021년 10월 초순
김정순

목차

제1부   어느 봄날의 기억

제2부 　　　　　　　　침묵의 숲에서

어느 봄날의 기억

장마와 다래

물난리가 시작된다는데
저 어린 열매는 어찌하나
아직 여물지도 않았는데
보일러 환기통에 툭,
지붕 위에 툭, 툭
이마에 딱 밤 때리듯 무심하게 떨어진다

햇살은 눈을 감은 지 오래되어
긴 호흡을 통과하느라 칭얼대고
철없는 비바람에 가슴까지 축축하다

저 깊은 땅속 어디쯤에서
다디단 물을 끌어왔을까
햇살이 익어 가는 계절이 오면
까무룩 눈을 감고 입 맞출 순간을 기다리며
긴 우기의 시간을 건너갈 것이다

언어의 힘

말이 달린다
구름을 가르고
산허리를 넘는다

울긋불긋 대지가 물든다
끝없는 들판을 달린다
숨을 몰아쉰다
바람이 살포시 내려앉는다

비가 똑똑 떨어진다
천장에 매달린
말이
바닥으로 떨어진다
말이 춤춘다

일주 하용 정화에게 1

병실에 누워서 보는 하늘은 바다를 닮았다
파도가 춤을 추며 백사장으로 밀려오는 순간이
소녀 시절의 정화의 눈빛을 닮았고
방파제를 넘어오는 새하얀 포말의 입자는
청년 시절 일주의 열정을 닮았고
수평선을 끌고 오는 끊임없는 정성의 손길은
장년의 하용이를 닮았다

어깨동무를 하고 함께 밤길을 걸어가던 무렵
마중 나와 있는 별빛 하나로도
가슴 뜨거워지던 순간이 떠오른다

하루 종일 드리웠던 미끼도 없는 빈 낚싯줄을 거둬들이는
강태공의 발걸음이 가벼운 것처럼
같은 시간 같은 하늘의 별을 바라보며
눈빛 마주치던 순간의 기억 하나로
평생의 동행은 아름다웠다

어느 봄날의 기억

석광*의 그녀

산딸나무**가 둘러쳐진
석광의 사방은
뽀얀 이불 홑청을 널어놓은 것 같다

한여름에 흰 눈이 펄럭이듯
빨래를 훌훌 터는
그녀들의 웃음소리도 하얗다

저 흰 빨래가 마르고 나면
객지로 나가 있는 아이들을 생각하면서
눈이 부시게 다림질을 할 것이다

가지런히 접어 깔끔하게 묶은
해맑은 세탁물 위로
딸을 곱게 키워 시집보내고 싶은
그녀의 새하얀 소망이 다려지고 있다

* 강원랜드 세탁물 업체
** 석광 사목

시커먼 탄가루에 하루 종일

까만 물이 흐르던

그곳에 새하얀 산딸나무 꽃이 피어나고

새하얀 빨래가 마르고 있다

그녀의 소망도 새하얗게 산을 오르고 있다

8차 항암치료 받던 날

가릴 수 없는 하늘을 이고
증산 교차로에 걸린 잿빛 구름이
민둥산을 넘어왔다
아직은 때가 아니라는 듯
입을 꾹 다문 채로 서서
안간힘을 쓰고 있다

햇살 뜨거운 여름날을 지나온 지가
엊그제 같은데
홀로 출구가 안 보이는 터널을 지나고 있다

조금만, 참아 보자
칠 부 능선을 넘으면 정상이 보이는 것처럼
조금만 더 힘을 내보자
조금만 더,

갑자기 굵은 빗방울이 쏟아지기 시작하고
땅이 팬 곳마다
숨어 있던 이파리들이 얼굴을 내밀고 있다

직진 신호가 들어오고
텅 빈 도로 위로 그리운 이름들이 하나둘
떠올랐다

갱년기 일방통행 피해가기

머리카락이 조금씩 희어지더라도
쓸쓸해 하지 말자
빠진 머리카락이 다시 나는지
지켜보는 일이 걱정스럽더라도
실망하지 말자

백화점을 둘러보다
원 플러스 원에 유혹되더라도
무이자 할부 앞에서 고민하지 말고
배낭 하나 둘러메고 길을 떠나자

까닭 없이 기분이 다운되어도
보고 싶은 사람이 생각나
눈물이 나오더라도
커피 한 잔을 마시며
조용히 창문 열고 들어오는 햇살에
마음을 맡겨보자

어느 봄날의 기억

- 416304

사랑스런 딸 보름,
꽃 같은 아가의 손을 잡고 걷던 길이 있었단다
유치원 오고 갈 때도 초등학교 오고 갈 때도
도로 맞은편 제방길로 매번 다녔단다
아파트 3층 높이의 오래된 은행나무의 사열을 받으며
교문을 나서면 벚나무들이 봄날의 바람을 데려와
선물 같은 꽃비를 뿌려주었었지,
제방길에는 계절마다 피어나는 민들레, 백일홍, 코스모스가
낮별처럼 돋아나 너를 반겼지,
행복한 길이었어
첫걸음마 시작하면서 이사 오기 전 열 살 때까지
함께 걸었던 특별한 장소였단다
맴맴 소리가 얼마나 소란스럽던지
매미들만 사는 동네인 줄 알았지,
그 길을 아가와 걷는데 채 5분도 안 되는 거리였지만
매미 소리 요란해도 콧잔등에 맺힌 땀방울 씻겨내기에
모자람이 없었고 나무 그늘 아래 흔들 벤치에 앉아
노래 부르기에 근사한 장소였단다
그런 아가의 행복한 미소 뒤에 따라오던 가슴 아픈

기억 하나 있어 가슴이 먹먹하단다

민석이 할머니네 집 앞 벚나무들이 톡톡 꽃잎을 틔울 무렵
세찬 비바람이 사정없이 휩쓸고 가던 날이었단다
연분홍 연지가 찍힌 여리고 뽀얀 꽃잎들이
제방길을 덮었는데 기온이 떨어지고
우박까지 내리더니 모두 얼어버렸던 바로 그 날이었다
온 국민이 텔레비전 앞에서
안산 단원고 언니 오빠들 삼백여 명을 태운 세월호가
진도 울돌목 바다에 속수무책으로 침몰하던 순간을
지켜볼 수밖에 없었지
텔레비전 화면을 통해 실시간으로 침몰하는 세월호를 보면서
모두 구조될 수 있을 거라고 생각했는데
"움직이지 말라"는 어른들의 말을 믿고 기다리다 결국
골든타임을 놓쳐버린 어이없는 일이 눈앞에서 벌어지고 말
았단다
꽃 같은 아들딸들이 무지하고 무책임한
권력의 괴물 앞에서 무참하게 희생되고 말았구나

어느 봄날의 기억

아가야, 지금 이 순간 나는
너의 얼굴을 이렇게 볼 수 있다는 사실만 생각해도
가슴이 떨리고
해마다 커 가는 너의 발을 만져 볼 수 있어서 감사하다

다시 봄이다
오래된 은행나무에 새잎이 돋고
벚나무 가지마다 연분홍 꽃잎이 웃으며 피어나고 있다
그 봄날의 어느 하루처럼,
지금 내 눈앞에 꽃잎에 흩날리는 너의 미소가 반짝이고 있다

일주 하용 정화에게 2

아버지 납골에 동행해줘서 고맙다

어린 시절 그랬듯 큰 키로
아카시아 이파리 쭉 훑어줘서 고맙다
하용아,

낚싯줄에 걸린 어린 물고기
군소리 안 하고 살려 보내줘서 고맙다
일주야,

머리숱이 적어서 파마 말겠다고 머리 헤잡아도
묵묵히 당하고만 있어줘서 고맙다
정화야,

내가 하고 싶은 것 다 할 수 있게 해 주고
남애항 눈부신 황금빛 등대를
베개로 삼아 깊은 잠에 빠질 수 있게 해준
너희의 이름을 기억할게

사랑한다 친구야

사북

사방이 검은빛으로 둘러싸였던 시절,
검은빛 속에서 태어나
검은빛 속으로
어린 것들의 울음을 이끌고 끝이 보이지 않는
무거운 발길 옮기셨을 아버지,

울다 지친 어린 것들은 탄 죽 묻은 곡괭이 자루에
심장이 꿰인 듯 숨소리도 못 내고
파르르 떨려오는 삼동을 지나느라
붉은 울음을 삼켜야 했다

야멸찬 칼바람이 손가락 마디마디 새어 나오고
눈물마저 얼어버린 시간을 남겨 두고
한 걸음 옮기고 뒤돌아보고
또 한걸음 옮기고 뒤돌아보셨을 그 눅진한 발걸음
별자리마다 새어 나온다

겨우 사십 여년,
살아온 시간이 너무 짧아

제대로 그 이름 불러 보지도 못했는데
반백의 고개를 넘어
몇 번이나 그 이름을 불렀는지
몇 번이나 그 모습을 그렸는지
동짓날 밤을 하지처럼 지새우며
검은 숨소리 내려놓으신 그 땅의 흙냄새 맡으러
새벽길을 나선다

가지꽃 필 때

대지가 물오른 칠월,
삐딱하게 고개 돌린
이파리 사이로 연보랏빛 우산이
수줍게 피어났다

일 년 만에 만난 사북의 나이 든 소녀들과
점심을 먹고 차를 마시고
길을 걷는 동안
수다가 끊이지 않았다

하루 종일 맑은 웃음소리가
청포도 익어 가는
언덕을 넘어오고
연보랏빛 우산 속으로
속살이 하얀 물오리가 꼬리를 흔들며
따라왔다

늦바람 나겠다

딱 걸렸어

최 여사는 아파트 출입구에 있는 네 평짜리 텃밭 주인이다 텃밭의 흙이 기름진 건, 모아 둔 음식 찌꺼기가 거름으로 쓰이기 때문이다 최 여사의 정성 덕분에 영광스럽게도 해마다 고추와 오이 쌈 채소가 탐스럽게 자라고 있다 울타리 역할을 하는 야생화는 최 여사의 자랑스러운 마스코트다 그러던 어느 날 기름진 텃밭에 흙이 사라졌다 최 여사의 속앓이가 시작되었고 텃밭에는 호미며 깨진 화분이 널브러져 있었다 흙을 퍼가지 못하게 하려는 최 여사의 전략이었다 엎친 데 덮친 격으로 영광스런 텃밭 이래 흑역사의 막이 오르던 그날을 잊을 수 없다 며칠째 야생화가 없어진다는 푸념을 늘어놓으며 억울해했다 그도 그럴 것이 봄이 되면 화초들의 줄기가 번져 텃밭인지 화단인지 구분이 안 되는 그곳은 최 여사의 놀이터나 다름없기 때문이다 심증은 있는데 물증이 없다며 예쁘게 자라는 걸 뽑아갔다고 아랫동에 사는 딸년에게 푸념 아닌 푸념을 하기도 했다 초여름이 지날 무렵, 보물섬을 발견한 듯 부리부리한 눈동자의 최 여사가 내게 들으라는 듯 한마디 던졌다 "딱 걸렸어" 삼식이 엄마가 두리번거리며 주위를 둘러보더니 화초를 뽑아가는 현장을 목격한 것이다 이웃사촌인 삼식이 엄마의 만행을 아파트

5층에서 내려다보고 있다가 발견한 것이다

꽃 도둑 삼식이 엄마, 드디어 매의 눈 최 여사와 눈이 마주

치고 말았다

의자

누군가를 기다리고
누군가를 보낸다

꽃잎 떨군 자리가 슬프고
낙엽 떨군 자리가 허전하다

비가 오면 비가 오는 대로
눈이 오면 눈이 오는 대로
마음이 가고
마음이 온다

마주 앉은 식탁에서
마주 앉은 책상에서
알 수 없는 숨결로

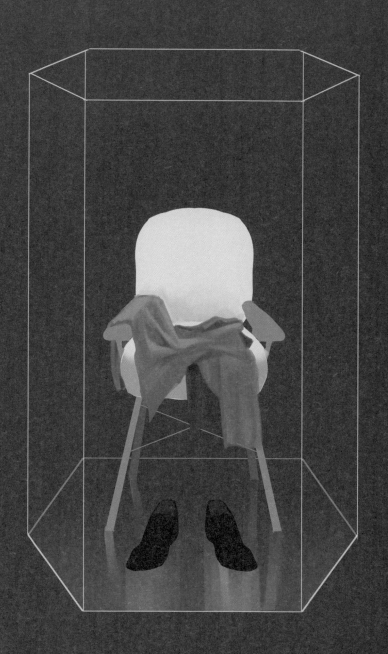

딸에게

새벽이슬이 나뭇잎에 내려앉으면
은방울처럼 반짝이는 네 미소가 보였단다

비 오는 날, 우산에 앉았던 빗방울이
똑똑 또르륵 떨어지는 걸 바라보던 눈망울은
별빛보다 투명하게 반짝였단다

엄마가 화나면 도깨비 같지만
알고 보면 천사라고,
'엄마는 내가 잠잘 때 하늘로 올라가나 봐' 했던
내가 만난 최초의 천사였단다

높고 청명한 하늘에
일곱 색깔 무지개를 그려 넣으며
가슴 벅찬 상상의 나래를 펴는
수선화 꽃송이였단다

내 최초의 아가이자
내 마지막 아가, 내 딸로 와 줘서

네가 '엄마'라고 부를 때마다
가슴이 뜨겁게 달아오를 수 있게 해줘서
참 행복한 소풍이었다

고맙다
사랑한다 내 딸!

달라도 너무 달라

후끈 데워진 백사장을 세 여자가 걷고 있다
한 여자: 무좀 걸린 발 소독되겠다
한 여자: 찜질방 온 것 같다
어린 여자: 사막 같아요

바다를 보고
한 여자: 오목한 그릇에 물 담아 놓은 거 같다
한 여자: 잔잔한 게 청포묵 같다
어린 여자: 하늘과 바다가 붙었어요

바위에 앉은 갈매기 두 마리를 보고
한 여자: 엄마랑 딸이 얘기한다
한 여자: 쉬는 중이다
어린 여자: 엄마! 우린 밥 언제 먹어요

홀로 남은 갈매기를 보고

한 여자: 말동무가 필요한가

한 여자: 잠이 부족한가

어린 여자: (빨리 밥 먹으러 가야 하는데…)

정화와 쑥떡

강릉 삼교지 꼭대기에서 전화가 왔다
쑥떡이 먹고 싶다고 했더니
말 꺼내기 무섭게 들판으로 나가
쑥을 뜯어왔다는 정화가 쑥떡을 해왔다
올봄에 뜯어 놓은 첫 쑥으로
친정엄마의 눈총도 뒤로하고
떡을 빚어 대관령을 넘어와 떡만 휙, 던져주고
돌아갔다
집에서 나올 때는 쑥을 한 보따리 이고 나가서
떡은 한 말도 넘게 했다는데
방앗간으로 떡 찾으러 간 친정엄마는
떡 도둑이 딸인 걸 알고
"쑥은 한 바구니 들고 나가더니
어디에 퍼주고 요것뿐이냐고" 하셨다는데,
그 덕분에 내 입은 호강하고 정화는 고단하고,
그래도 내년 봄엔 쑥을 더 뜯어야겠다고

웃으며 전화한 친구 덕분에
무겁던 몸이 한결 가벼워졌다

제2부

침묵의 숲에서

네 잎 클로버

초록의 어린 물결이 줄줄이 흔들린다
바람이 공평하게 숨을 쉬는 중이다
나폴레옹의 허리를 숙이게 했던 순간부터
토끼의 단순한 먹이가 아닌
행운의 상징으로 운명이 바뀌고 말았는데
소우주를 품은 듯
순수한 대지의 별꽃을 피워 새로 오는 사람의
운명을 밝히고 있다

어쩌다 눈에 띄었을까
차별 없는 세상을 알리려고 이파리 하나로
말을 거는,
깊고 푸른 눈동자

마음 피우기

초여름의 열기를 바람이 부둥켜안고 돌아가는 함백산 줄기 소나무 가지가 푸르게 햇살을 자르며 따라왔다 샤스타데이지, 개망초, 클로버, 루드베키아, 붓꽃은 야트막한 맑은 개천을 따라 무리를 이룬 채 앞다투어 피어나고 있었다 샤스타데이지와 루드베키아는 제 살결을 어루는 바람을 자장가 삼아 낮잠을 자려는지 길고 가느다란 다리를 좌우로 흔들어 대고 있었다 비쫑비쫑, 짹짹, 삘릴리, 새소리가 노래를 부르는 것인지 구애를 하는 것인지 알 수 없는 소리를 질러 대고 얕은 물줄기마저 흔들어 놓고 있다 풀피리 불듯 장단을 맞추는 새들도 있다 까불거리는 깨방정 새가 있는가 하면 오리스의 자태처럼 우아한 날개를 펼치며 나뭇잎을 부채질하는 바람은 이른 더위를 식혀준다 '바람은 어쩌면 힘센 남자를 닮지 않았을까' 그러니 저렇게 덩치가 큰 나무를 흔들어 댈 수 있는 거 아닌가? 수풀 사이에 내려앉은 작은 새는 먹이 사냥에 종종종 걸어가며 궁둥이를 하늘로 치켜들고 달랑댄다 그 모양이 남세스러워 웃지 않을 수 없다 성냥개비만 한 송충이가 햇살을 가늘게 잘라놓은 무성한 나무에 오르고 있었는데 평소 같았으면 생김새가 징그러워 얼굴을 찌푸렸을 텐데 오늘은 작고 여린 것들은 무엇이든 곰

살스럽고 예쁘다는 생각이 들었다 생김도 색깔도 다른 것들이 평화롭게 잘 어우러져 있었다 사람도 그랬으면 좋겠다 2년째 지속되는 코로나와 겹친 중증치료는 마치 뇌 활동이 멎은 사람처럼 하루하루의 연속이었는데 의림지 인적이 드문 나무 아래에서 거리두기를 의식하며 조심스레 마스크를 벗었다 꼈다를 반복하면서 콧바람을 쐬는 동안 어깨를 토닥거리는 달짝지근한 바람에 기대어 졸음을 청하기도 했다 한 해 두 해 빠르게 가는 세월을 아쉬워만 하고 티브이 리모컨만 눌러대다 보면 어느새 나도 모르게 버튼은 홈쇼핑 주문에 들어가고 문 앞에 쌓이는 택배 박스 테이프를 뜯어내는 게 하루의 소일거리가 되었다 그렇게 미련하게 한 계절을 보냈었는데 '이렇게 잘 차려진 푸르른 세상을 왜 그동안 잊고 살았을까' 이제야 내 조각난 마음속에 분산되어 있던 의식을 깨우고, 오랫동안 가까이 머물러 있던 다섯이나 되는 벗을 생각했다 삼복의 그늘을 지나가는 바람, 늦가을의 햇살을 지키는 쑥부쟁이, 새하얀 눈길 위를 걸어간 새들의 발자국, 잎보다 먼저 수줍게 피어난 자목련, 그리고 사시사철 보아도 하루 종일 보아도 질리지 않는 내 딸의 미소가 나를 살아가게 하는 스승이다

바늘꽃

팔순을 바라보는 어머니 목소리 잦아들지 않게
변치 말고 하던 대로 자식들 들었다 났다
호령하시라고 바늘귀 꿰듯, 소원을 꿰어본다

집을 나서기만 하면 천하에 둘도 없는 겸손한 아저씨
우리 집 잘난 세대주는 지금처럼 변치 말고
하던 대로 쭈욱 그렇게 살기를,
그러나 절대로 남의 보증만은 서지 마시라고 소원을 빌어본다

불철주야 열공 하는 딸에게 눈길 한 번 더 주고
차조심 길조심 물조심 불조심 개조심 사람조심 할 수 있기를
스스로에게 다짐하고

나 사는 동안 남들처럼 내 집에서 편히 잠들 수 있고
나 사는 동안 남들처럼 이것저것 먹을 수 있고
나 사는 동안 관장제, 이뇨제 없이 잘 싸게 해 달라고
그저 잘 먹고 잘 싸고 잘 자게 해 달라는
일상의 소원을 땀구멍에 바늘귀 꿰듯,
간절히 빌어본다

침묵의 숲에서

1.

깊고 높은 숲 속에 바람이 휘몰아친다

숲을 후려치는 바람은 거대한 파도 소리와 흡사하다

나를 내려다보며 삼킬 듯 힘차게 흔들어 대는 나뭇가지가

거센 파도와 조금도 다르지 않았다

기억은 이미 스물여덟 살의 동해항으로 향하고 있었다

바다 한가운데서 아무것도 할 수 없고

파도의 처분에 따라야 하는 운명을 향해 가는 생애 마지막

한마디 외침도 기도도 눈물도 파도에 지워져 버렸다

엉켜진 나의 머리카락 한 올마저도 해일은 허락하지 않았다

뱃머리를 돌리려 핸들을 한껏 돌려 보지만

4.3톤의 배와 나는 중심을 잃었다

'이것이 죽음이구나'라는 찰나만 뇌에 전달될 뿐

거대한 파도 앞에 나는 두 눈을 감아버렸다

고가의 그물을 건지겠다고 출항금지를 어기고

해일에 목숨을 걸었던 그날의 공포가

지금도 그대로 기억 속에 남아 있다

2.

깊고 높은 숲 속의 나뭇잎들을 쪼아대는 강한 햇살은

은 초록으로 반짝거린다

그 모습이 바다에 밀어닥친 멸치 떼와 꼭 닮았다

은빛 눈부신 자작나무는 어부의 손에 쥐어진 은갈치다

그물마다 빼곡히 박혀 세상 밖으로 나오며

몸부림치는 전어를 닮았다

순간 손과 발에 전율이 오른다

로또 복권 맞았을 때 이런 기분일까

뱃머리가 바다에 푹 잠겨 천천히 포구로 들어오던

만선의 쾌재를 부르던 순간이 오고 있는 것이다

3.

깊고 높은 숲 속의 햇살이 생각에 묶인 나와

뒤따르던 나의 그림자를 조롱하는지 위로하는지 알 수는

없지만

연신 머리를 쏘아댔다

그 숲길에서 물빛 연두꽃을 만났다

그 고운 자태에 이끌려 다가갔지만

독초라는 일행의 말에 멈칫했다

사람 손에 꺾이지 않으려고 물빛으로 몸을 바꾸길

참 다행이다 싶었다

사람을 조금 더 지켜보지 못한 채 다가가

내 마음이 쓰렸던 때가 있었으니까

줄무늬 살모사를 보았을 때 두려움을 외면하려

굳이 애써 웃음 지으며 혐오스럽게 여겼다

제 길을 가는 살모사가 내게 뭐라고 한 것도 아닌데

못 본 체하지 못한 내게 분노가 일기도 했다

내 길을 가는 내게 독사처럼 다가오는 사람들이

불편했던 때가 있었으니까

지금 내가 걷고 있는 숲은 그동안 내가 멀리서 보던 그 숲

이 아니다

4.

깊고 높은 숲 속에서 두려웠고 외로웠고 분노했다

두 시간가량의 터널을 빠져나온 심경이다

간간이 들려오던 새 소리와 작지만 선명한 꽃들을 만나
반가운 마음에 한참이나 눈길을 떼지 못하고
찾아주는 이 없어도 용감한 자태로 숲을 지키는 나무를 보
았을 때 기대어 보기도 했다
개미들의 바쁜 움직임에 걸음걸이가 빨라지기도 하는,
숲 속은 알 수 없는 일의 연속이다
사람살이처럼 예측 불가의 연속이다

PS.
예전에는 자작나무 껍질에 편지를 썼다고 한다.
두렵고 외롭고 분노하던 숲이지만,
하이원 산 중턱 자작나무 몸속에 못다 한
인연의 자음과 모음을 새기고 왔다
다시 사랑하게 해 달라고
다시 태어나게 해 달라고

첫사랑 1

욕실 문을 급하게 닫았다 헛기침을 하고 코를 풀어가며 얼굴을 비벼대도 거울 속 붉은 눈동자는 쉬이 가라앉지 않았다 괜히 수도꼭지를 틀었다가 뜨거운 물줄기만 원망했다 밖으로 나가지도 못하고 나는 그냥 변기에 걸터앉았다 그녀에 대한 기억이 연신 내 손에 휘감기는 두루마리 화장지처럼 거침없이 풀려나갔다 그녀와 나, 22년의 간극, 참 억척스런 삶의 여정이었다 빠듯한 살림살이에 잠도 웃음도 아껴야 했을 그 야윈 어깨와 함께 내 눈앞에 생생히 되살아나는 기억들, 한소끔의 눈물에 붉어진 뺨이 아리다 남편의 그늘 아래서 그녀는 눈물을 가렸고 남편의 영정 앞에 엎드려 젖은 얼굴을 감추었다 다섯 아이를 혼자 바쁘게 키워내던 날, 얼굴에 많은 표정을 드러낼 여유는 없었다 오 남매 하나하나 짝지어 떠나보내고 외로웠던 날들이 흘러갈수록 손가방 안에, 식탁 위에, 손길 닿는 곳마다 약병들만 즐비했다

푸짐한 생일상을 차려 준 날엔 흔들리는 이빨이 야속했고, 값비싼 비행기 표를 받아 든 날엔 아픈 무릎만 서러웠다
손발은 가뭄에 갈라진 논밭처럼 거칠었다
말투는 고슴도치처럼 날카로웠다

눈빛은 무서우리만치 차가웠다

아무런 체온도 느껴지지 않았다

그녀는 쉼 없이 앞만 보고 걷는 듯했다

어쩌다 얼굴에서 스쳐 지나가는 미소를 살짝 본 날엔

딸은 잠깐 행복이라는 말의 의미를 알 듯했다

어떤 날엔, 잠든 그녀를 흔들어 깨워,

마음속에 차곡차곡 쌓인 묵은 얘기를 마음껏 쏟아내고 싶
었지만

그런 일은 한 번도 일어나지 않았다

묵은 이야기를 가슴에 남겨둔 딸의 나이는

어느새 추억 속 그녀의 나이보다 많아져 있었다

어슴푸레 어둠이 깔렸던 오월 어느 날,

길 위로 불어오는 동풍이 잔잔한 동강에 젖어 촉촉이 감싸
일 때

어머니, 난 처음으로 당신의 따스한 손길을 느꼈습니다

동강의 줄기마다 반질거리던 돌멩이들은

세월의 문지방에 닳고 닳은 당신의 뒤꿈치를 닮았구나 생각
했습니다

조심스레 한 발 한 발 내딛는 걸음마다 어찌 그토록 포근하던지요
'어머니'라는 당신의 이름으로 다져 놓은 듯했습니다

신록을 덮은 밤하늘에 빼곡히 박혀있는 별들을 헤치고 작은 여백을 찾아 빛난 적 없던 당신의 별을 새겨보았습니다 아무리 애써도 찾지 못했던 당신의 사랑이라는 숨은 그림, 십 년이 다섯 번 지나고, 나보다 서른여덟이나 어린 딸년 때문에 웃고 우는 가슴앓이를 수십 수백 번 겪어보고 이제야 겨우 찾아낸 듯합니다 돌이켜 생각건대 참 다행입니다 매사에 완고하던 당신께서 짜다 싱겁다 타박하지 않고 손녀와 마주 앉아 이쑤시개로 느릿느릿 다슬기를 파먹던 그 모습이 왜 이리 아프게 느껴졌을까요 사랑하는 어머니, 오랜 세월 속에 묻혀있던 당신과의 추억도 숨어있던 당신의 사랑도, 나는 잃고 싶지 않았습니다 내년에도 후년에도 그다음 해에도 동강의 거친 자갈길이든 동해의 고운 모랫길이든 당신의 손을 잡고 함께 거닐고 싶습니다 이제 선글라스는 벗고 당신의 환한 얼굴을 바라보며 걸어가겠습니다

첫사랑 2

이년 얼굴에 단풍 들었소
왜냐 묻지 마소
미안해서 그라지요

빡세게 사랑합니다
생뚱맞다 하지 마소
그 흔한 말 아꼈소

엄니 내 야그 쪼께 들어보소
옆구리 안 시리요?
이제는 같이 걸읍시다

이년 후회하고 싶지 않소
어제처럼 오늘처럼
내일도 그랬으면 좋겠소

광화문 촛불

다리 건너 이장님도
재 너머 슈퍼 아저씨도
강릉 사는 변 여사도
서울 사는 영월댁도
촛불을 들었다

탐욕으로 얼룩져
꽁꽁 얼어버린 민심을 태우려고
한겨울의 한파 속에서
서로의 체온을 나누며
촛불을 들었다

한겨울에 뜨겁게 피어난
백만 송이 장미,
세상을 밝히는 횃불이 되었다
밤바다를 밝히는 등대가 되었다

애가 타

해 질 녘 오목한 산촌의 외딴집
허술한 굴뚝에 연기가 피어오른다
그 집에 손님이 들었나 보다

아침에도 굴뚝엔 연기가
나오지 않았는데
냇가에서 하루 종일 쩡쩡,
얼음 갈라지는 소리만 요란했는데,

지난밤 문지방을 드나들던 바람에
잠을 설쳤는데
마당 가에 밤새 머물다 돌아간
산짐승의 발자국도
남아 있는데,

그 집, 허술한 굴뚝에 연기가 피어오른다

만성 이별

탐스럽던 벚꽃잎 바람 따라가 버렸습니다
영원 하자던 약속 마르지도 않았는데
배시시 웃는 어린 열매는 어딘가 어색합니다

목젖이 보이도록 쏟아내는 붉은 심사는
마음 주지 않겠다던 다짐이었나 봅니다

맨 처음 고백을 받아주던 그날의
뜨거웠던 심장이
검붉은 눈빛 되어 쏟아집니다

유월의 기억을 따라온 빗줄기는
초록을 물들인 바람의 붉은 입술 위에 가지런히
내려앉았습니다

꽃비가 물들 던 자리,
검붉은 눈물로 반짝이고 있었습니다

오월 愛

양지꽃, 산딸기꽃, 매발톱꽃, 비비추를
지나온 바람이
여린 미나리냉이 허리를 비집고 라일락의
가슴 속으로 뛰어들었어요

한순간, 서로의 몸을 어루만져 주는가 싶더니
실오라기 하나 없이 나를 홀딱 벗겨 놓고는
꽃빛으로 풀빛으로 물들여 놓더라구요

그거 알아요?
이 순간을 내가 얼마나 기다려왔는지,
그동안 내가 얼마나 부끄러워했는지,

지금 내 몸에선 라일락 향기가 나고 있어요
혈관 속으로 연보랏빛 피가 돌기 시작했거든요
바람의 날개가 돋아나려나 봐요

물어볼 게 있어요

1980년 가을 운동회 날
지장산 너머에서 헬리콥터 두 대가 날아와
동원국민학교 운동장에 뿌연 흙먼지를 일으키며 착륙했다
까만 안경을 쓴 남자가 운동장의 부모님들께 인사를 하더니
전교생에게 그랑프리 크레파스를 나눠주고 다시 흙먼지를
일으키며 요란스럽게 헬리콥터를 타고 사라졌다
40년이 지난 요즘 골프 치는 그 남자의 모습을 가끔
텔레비전에서 본다
"대머리 아저씨, 물어볼 게 있는데요,
그때 나눠 준 크레파스 누구 돈으로 사 왔어요?"
전 재산이 29만 원밖에 없다면서
고급 승용차를 몰고 비싼 집에 살면서 골프를 치러 다니는
거짓말 잘하는 구렁이 한 마리,
사십 년 전 그날, 신나서 크레파스를 냉큼 받아 든 나도
뇌물죄에서 벗어나려면 대머리 아저씨
죽기 전에 십팔 색이 든
크레파스 돌려줘야 하는데…

고드름

슬레이트 지붕 물결친 골짜기마다
고드름이 매달렸다
아침에 눈을 뜨면 키 재기를 하며 일렬횡대로
매달려 햇살의 사열을 받던 얼음과자,
한낮의 햇살에 뚝뚝 눈물 흘리던 순간이 얼마나
야속하던지, 얼른 밤이 오기만을 속으로 기도했다
밤새도록 시린 별을 맞으며
눈의 죽음을 기다리는 동안
내 몸속으로는 하얀 사리가 하나씩
생겨났다

옥수수가 익어 가는 시간

해가 서쪽으로 고개를 돌리는 시간에 맞춰
참숯에 벌겋게 불이 붙기 시작했다
팔월의 저녁이란 설레는 법이라서
재 너머 길을 떠났던 처녀 총각들이 돌아와
양파 껍질 같은 속살을 내보이며
윤기 나는 머리카락을 흔들어댄다
겹겹이 걸친 옷가지를 한 겹씩 벗길 때마다
뽀얗고 탱글탱글하게 영근 우윳빛 속살이
눈부신 빌딩 숲으로 쏟아져 나오고
참숯의 다비식을 거치고 나면 노릇노릇한 사리가
소신공양으로 나를 반긴다
저녁연기가 피어오르는 가마솥에선 제 몸의
사리를 내어준 옥수숫대의 최후가 끓여지고
냄새에 먼저 코를 벌름거리는 어미 소의 긴
울음소리가 평화로운 저녁을 완성했다

해장술 먹으러 가는 길

수수가 익어 가는 틈으로 아침이 내리고 있다
태백 검룡소에서, 상동을 지나온 물길은
영월 각동 가재골을 지나
동강과 서강이 어우러지는 합수머리에서
남한강의 뿌리가 된다

강물이 내려다보이는 산자락 벤치에 앉아
마지막 하소연을 하는 매미의 이야기를 듣다가
나른한 햇살의 키스에 몽롱한 낮잠에 빠져들었다

저기 빨간 조각배 너머로
강물의 가장자리가 움찔거리고
밤새 별의 안부를 물고 온 새들이
빨간 함석 지붕 위로 자리를 옮긴다

어느 시인의 손길이 머물다 갔는지
벤치에 남겨놓고 간 글자마다
달큰한 동강 막걸리 냄새가 배어 나오고
이른 허기에 지친 나는 벌써 목이 마르다

내 사람

육신의 일부를 떼어내도
지워지지 않는 사람이 있다
어떤 장소를 떠올려야 생각나는 추억 말고
문득 혼자 있는 시간을 파고들어 와 기억나는 거 말고
언제나 생각나는 게 당연한 사람
당신이 슬퍼 보이는 것도
내가 그리워서 그런 걸 거라고 생각할 거야
당신이 웃으면
내가 행복해진다는 거
그 웃음 속에 내가 있다는 거
절대로 잊지 마

제3부

반딧불 우체통

발목 시린 날

커튼이 가려진 다섯 개의 병상에 누워있는
생면부지 여자들의 가는 신음소리가
밀폐된 병실의 공기를 누르고 있다

아침부터 주삿바늘과
숨바꼭질을 한다
혈관을 찾는 간호사의 손길이 다녀가면
하나둘 커튼이 열리고 여자들의 말문이 터진다

어느 날은 자식들 얘기
어느 날은 종교에 대한 얘기
또 어느 날은 농사에 대한 얘기 등 참 다양하다
중복된 얘기는 한 번도 없다
웃음소리가 복도를 지나 옆 병실로 들어가면
수시로 구경 오는 여자들도 있다

서로의 아픔과 경험을 공감하는
시간 속에서 커튼은 잠들 때만 닫힌다
여자들의 수다는 시름에 겨운 통증을 달래주고

지루한 시간을 이겨내는 약이 된다
7월 31일 오전 11시,
서울 하늘은 여전히 흐리고
여자들의 수다는 끝나지 않았다

안 바쁜 여자

열대야로 잠 못 드는 네온사인 불빛들이
밤새도록 캄캄한 대지를 떠받치고 있다
아무도 없는 거리에 서서
희미하게 밝아오는 관악산 봉우리를
바라보고 있다
병실 밖으로 도시의 분주한 아침이 열리고
빌딩 숲 사이로 밀고 들어온 햇살이
침대 위로 쏟아진다
지난밤 병원으로 오는 횡단보도를 건넌 사람은
얼마나 될까
회전교차로에서 무심하게 꽁무니를 감춘 택시에서 내려
오렌지색 캐리어를 끌고 가는 선글라스를 쓴
여자의 까만 머릿결이 반짝인다
주차장으로 들어가는 차단기가 올라간다
검은색 승용차 뒷문이 열리고
선글라스 여자를 태운 차량이 쏜살같이 빠져나갔다
갑자기 병원 정문 앞 광장이 텅 비었다
늦은 현기증이 밀려왔다

울음day

비 오는 날 울어요
천천히 한참 동안,

세수하면서 울어요
아주 낮은 소리로
아무도 모르게

그리고
아무렇지 않은 척,
혼자 숨을 고르다
욕실 문을 열지요

집에선 울 곳이 없어요
아무 데서나 울 수 있게
제발 우는 날을 만들어주세요

눈치 보지 않고
혼자 실컷 울 수 있게

낮잠

대학병원 입원실 십육 층 아래를 내려보다가
현기증이 났다
환자복을 부여잡은 채
안간힘을 쓰던 공포의 순간이
고열에 달궈진 칠월의 아스팔트 위를 지나가듯
뒤로 물러나고 있다

아득한 기억 저편으로 수평선이 보인다
갈매기 한 쌍 날개 적신 바람을 이마에 올려놓고
백사장을 가로질러 간다

언제쯤이었을까
나리꽃 만발한 들녘을 가로질러
하얀 나비 한 마리 내 품으로 날아오던 그때,
까마득하게 올려다보이던 하늘 저편으로
아지랑이 같은 현기증이 몰려왔었다

지금 나는 꿈을 꾸고 있다

수술실 앞에서

칼바람이 얼굴을 쓸고 가던 날
아버지를 산자락 양지바른 곳에 홀로 남겨두고
집으로 향하던 길은 적막하고 쓸쓸했다

지난해에 이어서 세 번째 수술대에 오른다
이 시간을 잘 건너가야 하는데,
아버지를 묻고 홀로 걸어오던 그날이 떠올라
마음이 종잡을 수 없이 방망이질을 한다

배웅하는 딸의 빨개진 눈망울이
손발을 칭칭 감아올린다
소리 낼 수 없는 슬픔이
입천장을 타들어 가고
목줄기가 화끈거린다

그래,
엄마 없는 딸은 만들지 말아야지
수술실 방문 앞에서
딸아이의 이름을 부르며 입술을 깨물었다

아맛나의 승리

햇살이 바늘 같다
얼굴과 팔을 콕콕 찔러댄다
실내온도는 32도
식탁에 마주 앉은 엄마와 딸,
따가운 시선으로
콕콕 찔러대는 말이 영락없는 햇살이다
"입맛이 없네" 투덜대는 딸,
다시 자라나기 시작하는 머리카락을
침묵 시위하듯 쓸어 올리며 얼굴이 붉어진다
실내온도는 32도,
심장의 온도는 영하 20도를 넘나드는
모녀가 대치하는 사이
냉장고에서 아이스크림 하나를 꺼냈다
"엄마, 나도 먹을래"
내가 이겼다

비를 기다리며

신경이 끊어진 손가락처럼 나뭇잎이 오그라들었다

꽃잎은 고개를 들 염치가 없는지 축 늘어진 채

타들어 가는 목줄기를 부여잡고 있다

마지막 풀이 눕고 있다

까불대던 새들도 사라졌다

구름 한 점 없는 대낮의 자외선은

콘크리트 건물 벽 속으로 들어가 밤공기를 구금하고

다시 올 아침을 괴롭히고 있다

사랑에 오래도록 갈증 난 사람처럼

뜨겁게 뜨겁게

단 하나의 눈물 젖은 선물을 기다리고 있다

반딧불 우체통

정선군 거북마을과 영월군 가정마을 사이로 동강이 흐른다
저녁 7시, 노을이 지는 순간을 기다려 물안개가
몸을 바꾸며 밀고 들어왔다
순식간에 물안개가 짐승처럼 사방을 집어삼키고
한 남자가 강 건너 가정마을을 향해 소리 지른다
"배 좀 건네주소"
얼마 있다가 나룻배 한 척이 서서히 정체를 드러내고
조용히 남자를 태우고는 물속으로 사라졌다
남자는 강 건너 가정마을로 간다고 했다
그리고 남자가 떠난 바위틈으로
빨간 우체통 하나가 나타났다
밤새도록 별의 사연을 물안개 위에 새기고
물고기 울음소리로 우표를 붙이며 기다리는 동안
주소 없는 편지 봉투 속 사연들마다
반딧불이 하나둘 실눈을 뜨고
마을을 지나고 강을 지나고
머언 먼 그리움을 지나갔다

육 년근 산양삼

열매 하나 똑 따서 씹었다
꽃 같은 아기 생각나 꼭 하나만 땄다

여린 잎 상처 날까 조심스런 두 손
기도하는 내 마음 닮았다

잔뿌리 알뜰히 솎아
꽃 같은 아기 먹이고
실한 뿌리는 남편 주었다

내 시선을 벗어나지 못하는
그 우아한 자태에 빠져
남편 식탁 위에 오르기 전 조금 더 떼어
꽃 같은 아기 먹였다

줄기에 달린 이파리까지 포옥 달여
몽땅 남편 줘야 하는데
꽃 같은 아기 자꾸 눈에 밟혀
손이 먼저 간다

옥수수 택배 분실사건

열차 시간에 맞춰 초등학교 2학년에 다니는

딸아이와 서둘러 채비를 하고 있는데,

전화벨이 울렸다

"택밴데요"

"무슨 일이시죠?"

"옥수수 배달 왔는데 집에 아무도 없어서요"

"문 앞에 두고 가세요"

영월교육지원청에서 놀이지도를 하는 홍 선생님

소개로 어르신들이 수확한 옥수수를 몇몇 엄마들이

한두 접씩 사기로 했다

친정 나들이를 앞두고, 이참에 친구들과 가족에게 조금씩 보

내겠다는

생각으로 구매한 옥수수를 반 접, 한 접 분량으로

주문해 강원도와 경기도로 보냈다

친정엔 내가 도착하는 시간에 맞춰서 받아 볼 수 있도록 했

는데

쏜살같은 택배 기사 덕분에 옥수수가 먼저 도착한 것이다

그런데 집에 도착해서 보니 옥수수자루가 보이지 않았다

택배 기사는 분명히 두고 왔다고 했는데,

202동에 가 있어야 할 옥수수 두 자루는
201동 5층에 도착해 있었다
삼복 더위에 마스카라가 번지는 줄도 모르고
초등학생 딸과 함께
왕복 두 번씩 팔자에도 없는 계단 극기 훈련을 시킨
택배 기사 덕분에 일주일을 꼬박 앓아누웠다
저절로 몸무게는 이 킬로나 빠졌고
다리엔 알이 배겨 걸음도 제대로 걷지 못했다
옥수수값보다 비싼 약값을 치르고
강제 다이어트를 하면서, 삶아 먹은
그해 여름의 옥수수는 한우 등심구이보다
설날 떡메로 친 인절미보다 더 쫄깃하고
고급스러웠다

덤과 곱, 그리고 별

날마다 같아 보여도 매번 다른 오늘이다
방충망에 붙은 매미를 보는 것은 덤이다
길을 가다가 곤충을 보았을 때
하늘소인지 장수풍뎅인지 궁금해서
검색창을 뒤져보는 건 곱이다
아파트 출입구에 피어난 꽃들을 보는 건 덤이고
색깔에 향기에 미소 짓는 건 곱이다
아침 햇살에 감긴 눈을 뜨고
창밖의 푸른 하늘과 바람을 쐬는 건 덤이다
금은방에 들러 딸아이 귀를 뚫고
새 운동화 사러 시장에 가는 건 곱이다
단잠 자는 딸아이 옆에서
에어컨을 쾌속 모드에 맞춰 놓고
찐 감자를 먹으며 드라마를 보는 지금은
덤과 곱의 자승이다
덤으로 주어진 인생길
곱으로 주어진 딸
포실포실 분이 나는 감자는 영혼의 허기를 채우는
땅속의 별이다

오투리조트의 아침

이른 아침,
까 아악 깍깍대는 소리에 눈을 떴다
흉조인가, 길조인가
큰 까마귀 무리들이 콘도 지붕과 주차장에 앉았다가
무리 지어 비상하기를 반복한다

한참 동안 그렇게 발코니 너머 콘도 지붕 위를
포물선을 그리며 상승과 하강을 반복하다 사라졌다
그리고 투명한 햇살이 창문을 깨고 들어왔다

폭풍이 지나간 자리처럼 일순간 고요가 밀려왔다
숲을 헤치고 나온 바람이 얼굴을 만지고,
손을 만지고 발을 만지고 지나갔다

까마귀들은 모두 어디로 사라졌을까
한순간, 침을 뱉을 뻔한 불경스런 마음을 내려놓고
어쩌면 삼족오의 후예였을 검은 짐승의 날개가
내 투명한 가슴속으로 들어왔다

추억의 나무

비가 옵니다
바람이 붑니다
흔들리는 나뭇잎에 떨어지는 빗방울 따라갑니다
돌담 옆엔 큰 감나무가 있고
떫은 감을 삭힌다고 항아리에 엎드린 숙모가 보입니다
뒤뜰 울타리 밖으로 집채만 한 호두나무에 올라
익지도 않은 호두를 따느라 퍼렇게 물든 아이의 손이 보입니다
지게 지고 소몰이 나가는 할아버지와
앞집 선화네 담장으로 감자떡을 건네주던 할머니가 보입니다
마당에선 콩깍지에 도리깨 타작이 한창이고
처마 밑 제비집에선 이제 막 눈을 뜬 어린 새끼들의
말 배우기가 한창입니다

비가 옵니다
바람이 붑니다
흔들리는 나뭇잎에 내 안의 기억들이 줄을 섭니다
깨어지는 빗방울이 내 안의 기억을 정리하고 있습니다
앞마당엔 큰 돌배나무가 있고 굴뚝 옆 장작더미 너머
처마에 주렁주렁 매달린 곶감이 보입니다

앞산 기슭엔 집채보다 큰 밤나무가 보입니다
밤나무를 타고 놀다가 벌통 앞에 떨어졌던 아이가
외갓집 멍석 깔린 저녁 밥상으로 데려다줍니다
마늘 수확이 있던 날 마늘의 크기를 분류하다 말고
생마늘을 먹던 외삼촌을 따라 했다가
바닥을 데굴데굴 구르며 서럽게 울었던 작은 아이가 나를
웃게 합니다
풀벌레 소리로 메우던 밤 평상에 누워
정신없이 쏟아져 내리던 별빛을 바라보며
도깨비불이 떨어지면 무섭다고,
맨발로 방으로 뛰어들어갔던 작은 아이가
오늘처럼 비 오고 바람 부는 날 저녁이면
나를 웃게 합니다
할머니 새참 심부름으로
찐 감자에 노란 막걸리 주전자를 들고
앞산 아래에 밭에 계신 할아버지에게로 가다가
나도 모르게 주전자 주둥이에 입을 갔다 대고
마신 두 모금의 막걸리는 작은 아이를
가슴 뛰게 했습니다

나무의 나이테가 자라는 동안

추억의 나이테도 동심원을 그리며 나를

따라왔습니다

다시 가을이 오면 그날의 감나무엔 주렁주렁

노을이 걸려 있겠지요

호밀의 운명처럼

태풍이다
현기증이 시작됐다
호밀이 걱정이다
거센 파도에 밀려 넘어지는가 싶더니
가냘픈 엉덩이를 흔드는가 싶더니
금세 중심을 잡는다

부러지지 않고 유연하게 춤추는
호밀의 물결이 비단결이다
꽃향기가 아니더라도
푸른 파도가 아니더라도
바람처럼 눕고 바람처럼 일어난다

머물렀다 떠나는 그리움의 종착역에서
부러지지 않고
눕지도 않는
풀잎의 운명을 닮았다

자가발전

그네들의 눈빛에 흔들리지 않는다
그네들의 생각에 동요되지 않는다
그네들의 말에 관심이 없다
그네들의 행동이 궁금하지 않다

하루하루 기억을 새롭게 하다 보니
내 안에 자리했던 묵은 감정들은 사라지고
치유되었다

멀리서 온 된장 익어 가는 냄새를 맡을 수 있고
새소리가 흥미로워지고
색색의 꽃들로 발걸음이 가볍고
나비의 날갯짓에 웃음이 늘었다

내가 꽃이고
내가 바람이고
내가 나무이고
내가 구름이다

내가 아닌 것이 없고
나인 것도 없는
텅 빈 충만이다

제4부

석류비

백조의 변명

책상 위 연필 지우개 스탠드,
싱크대 한쪽 수세미 행주 수저통은 물론
베란다에 놓아둔 항아리
딸내미 방 침대와 옷장까지
내 손길이 닿지 않은 데가 없다

청약통장, 카드대청구서, 저축, 보험
공과금 고지서, 속도위반 범칙금 과태료고지서까지
돈이 이체되는 순간까지
내가 챙겨야 하는 일이다

하루 세끼 중
한 끼는 식구들의 입맛과 식성을 고려해 메뉴의 변화를 줘야
하고
옷에 고추장이나 간장이 묻으면
손으로 비벼 빨아서 햇볕에 말려야 하고
베란다의 화분들도 갈증 나지 않도록
물을 주는 일도 나의 몫이다

가족들 표정을 살피며 기분을
맞춰줘야 하고
서로의 프라이버시를 침해하지 않도록
예의를 갖춰야 하는
최고의 전문 인력이다

물건 하나를 들이고 내가는 것도
최종 결정해야 하고
가족의 외출도 지출도
내게 보고해야 한다
나는 우리 집의 절대군주인가
폭군인가
집사인가

하늘로 간 아이야

한 아이가 다녀갔다
연기가 오르는 방앗간 근처에서 자주 보았던 아이다
연탄공장 앞으로 책가방을 들고 지나가던 아이다
잘 웃지도 않고 곁을 주지도 않았으면서도
공기놀이를 함께했던 아이가 먼 길을 떠났다
뇌암으로 오랫동안 투병생활을 하다
다시 올 수 없는 길을 떠났다
남의 일 같지 않아 가슴이 두근거렸다

손발을 묶는 생각에서 벗어나려고
하릴없이 마늘 한 접을 다 까도 먹먹한 가슴은
가라앉지 않고
돼지저금통 세 마리를 잡아 동전 세기를 해도
하루가 저물지 않는다
하나둘 생을 마감하는 동무들의 소식에
무릎에 힘이 빠져나가는 기분이다

아이야, 무지개 다리 건너

어릴 때 우리가 놀던 그 꽃밭 상수리나무 그늘에서 놀고 있을래?

우리 다시 만나면 활짝 웃으며

고무줄놀이도 하고

술래잡기도 하고

보물찾기도 하면서 하루해가 저무는 줄도 모르게

깔깔거리며 놀아보자

석류비

꽃마중

나는 지금 참 행복합니다
중3 딸아이 학교 교문 앞입니다
억수같이 쏟아지는 장대비 속에 서 있지만
곧 교문을 나설 세상에서 가장 아름다운 꽃
한 송이를 만날 생각에 가슴이 벅찹니다
딸이 좋아하는 김치찌개를 끓여놓고
계란말이를 만들어 놓고 나오는 길입니다
조금 있으면 따스하고 촉촉한 밥상 앞에서
작은 입을 오물거리며 밥과 찌개를 먹을 생각만 해도
가슴이 설렙니다
언제 저렇게 부쩍 컸나 싶을 정도로 예닐곱 살 아가의 모습이
눈에 선한 딸입니다
앞으로 남은 시간 더 공들여
아껴주고 바라봐야겠습니다
품 안의 자식이라 했던가요
그러기에 품 안에 있을 때 더 위해야겠습니다
원주로 이사 온 첫해 하굣길,
낙엽 지는 가로수 길을 걸으며 기분이 오묘했다고
하던 아이입니다
내가 십 대였을 때 느꼈던 감정이 그랬던 것 같습니다

이 비 그치고 나면 울긋불긋

나뭇잎이 바람에 날리겠지요

단풍잎이 가득 쌓인 가로수 길을

함께 걸을 생각을 하니 벌써부터 가슴이 설렙니다

석류비

상장 울렁증

목이 삐딱해진다
입술이 사방으로 실룩거린다
어깨가 지붕 위로 올라가려 한다

혈압이 상승하고
맥박이 빨라진다
일이 손에 안 잡힌다

쇼핑이 하고 싶고
외식도 하고 싶다
저절로 노래가 나온다

수십 번 겪어도
내성이 생기지 않는
증상은 구 년째 늘 똑같다

딸이 또 상장을 받아왔다

두 개의 어묵과 반 컵의 국물

2020년 10월 29일 강남고속터미널에서
원주행 버스 출발 10분 전,
항암 부작용으로 어깨 근육이 뭉치고
제대로 걷기조차 불편했던 다리가 더 이상
앞으로도 옆으로도 움직이려 하지 않았다
오한이 들고 쓰러지기 직전 김이 모락모락 나는
어묵 코너가 눈에 들어왔다
순간 눈이 번쩍 떠졌다
연신 시계를 쳐다보며 후~후 불며 어묵 두 개를
순식간에 해치우고 뜨거운 국물을 들이켰다
드디어 몸에 생기가 돌았다

꿈속에서,
10월의 마지막 햇살을 받은 암세포가 빠르게 사라지고 있었다
눈이 시리게 새파란 하늘 아래로 들녘이 황금빛
파도를 머금고 있었다

별 폭죽

7월 어느 날 강릉 교동 3층 옥상에 별이 쏟아졌다
호야에서 수많은 아기별 여덟 뭉치가
달빛의 기운을 받고
햇살에 마디마디 익어 간다

호야의 기막힌 소식에 난봉꾼 같은 나비는
전국을 헤집고 다니다가
그 무던한 호야에게 뭔 짓을 한 거라고 말을 보냈는데,

3층 건물 집 주인의 지나친 눈독에 시달리다
한 뭉치는 스러져 버렸고 두 달 만에
일곱 개 별 중 첫째 별이 몸단장에 들어갔다

십 년 만에 개화한 꽃 호야,
꽃집 20년 경력의 주인도 처음 겪는 일이라고
어쩌다 한두 송이 본 경험은 있다는데,
혼례를 앞둔 3층 주인댁에 자식농사
잘 지었다 했더니
밭에 고추농사 옥상에 꽃 농사 올가을 풍년이라네

석류비   103

장가가는 창화 닮은 사내 아기도 좋아라

시집가는 찬미처럼 호야* 꽃 닮은 아기도 좋아라

강릉 교동 삼층 집 옥상엔 피어난

별 폭죽이 대관령을 넘어와 원주 단구동까지 번졌다

* 화초

봄

꽉 찬 달빛이 논두렁길을 밝히던 지난겨울 밤
무에 그리 불평이 많은지, 밤새도록 울어대는
개구리의 고성방가에
잠을 설친 대나무의 뒤척거림이 들려왔다

돌무더기를 돌아나가는 시린 강물은
바람의 탱탱한 줄기를 잡고
산자락으로 밭두렁으로 쏟아지는
별빛의 웅성거림을 끌고 왔다

봄이 저만치 가고 있었다

푼수 같은 여편네

이십 년 전 알고 지내던 이웃지기의 전화를 받았다
며칠 내 원주 가는 길에 차나 한잔하자고,
서로의 안부가 오고 가다가 나는
요즘 시를 쓴다고 했더니
이웃지기도 학창시절 문학소녀였고
집안 내력이 문학에 소질이 있다고 했다
누구의 시를 좋아하냐고 묻길래
시가 그냥 좋다고 했더니
어떤 시인이 호감이 가냐고 묻길래
김남권 시인이라고 했더니
그 이웃지기는 동주 할배를 비롯해서
난 처음 듣는 할배 이름을 들먹인다
그 할배의 어떤 시가 좋으냐고 물었더니
오래전 일이고 잊어버려서 생각이 안 난다고 했다
얼굴 한 번 본 적 없는 할배의
시 한 구절, 아니 시 제목도 모르는 여편네가
시를 아는 척한다
나는 김남권 시인을 뵌 적이 있고
그분의 사인 받은 시집도 몇 권 있다고 했다

그리고 한마디 했다

"뭐든 마지막만 안 잊어버리면 되는 겨 인연도, 그게 뭐든"

전화를 끊고,

아무래도 오늘은 서울 병원 가는 날이라 못 만나겠다고

문자를 넣었다

조석으로 가물거리는 정신머리

조금 전 아침 반찬도 기억도 못 하는 내가

옛날 할배들 시까지 다 외울 수 있나?

혹시 윤선도 할배의 오우가라면 몰라도

목요일에 뜨는 달무리

매주 목요일 저녁 7시에
원주청소년문화의집에 달무리가 그득하다

그곳에는 가족이 있고 꽃과 나비와 나무가 있다
그곳에는 친구도 있고 산과 바다와 구름이 있다
그곳에는 추억으로 가는 조각배와 타임머신이 있다
그곳에는 그녀의 웃음과 마르지 않은 눈물이 있고
그곳에는 사랑과 외로움 그리움과 슬픔이 있고
그곳에는 어린아이의 해맑은 웃음소리가 있다
그곳에서 나는 우주의 중심을 보았다

밤 9시,
글쓰기 수업이 끝나고
창문을 닫으려는데 한 떼의 달무리가
와르르 가슴속으로 달려들었다

나는 임원항으로 간다

아버지의 탯줄을 자르고
나의 탯줄이 잘린 임원항,
세상에 태어난 첫 번째 기억은
국민학교 입학 전
고무대야를 머리에 이고
엄마를 따라 임원항으로 가면
배에서 내리는 아버지를 만났었다
엄마는 아버지 일을 거들고
아버지는 내게 생선을 한 마리 쥐여주었다
고등어 같기도 하고 새치 같기도 한
팔뚝보다 큰 생선을 받아들고
찐빵 파는 아줌마 가게로 갔다
또래 아이들도 생선 한 마리씩 받아들고
찐빵집 앞으로 모여들었다
팥고물이 가득 든 김이 모락모락 나는
찐빵 한 개를 생선 한 마리와 바꿨다
찐빵 앞뒤로 설탕을 잔뜩 묻혀서 한 입 베어 먹는
달콤하고 황홀한 순간을 지금도 잊을 수가 없다

고등어구이를 먹다가 아버지가 건네주던

그 시절의 생선이 생각나 눈시울이 뜨거워졌다

찐빵을 한 개만 먹을걸,

두 개 세 개 욕심내서 먹던 어린 나에게 화가 났다

생선 상자를 지게에 가득 지고

군부대를 지나 사기촌으로 뚜벅뚜벅 걸어가던

아버지 뒷모습이 눈에 선하다

다리를 건너고 논두렁길을 따라가던

여섯 살 무렵의 내 아버지를 따라

오늘은 나 혼자 임원항으로 간다

석류비

석류가 터졌다
어느 여인의 억장이 녹아
저리도 붉은 핏빛이 되었는가

단풍에 울고 있는 계절은
가을을 보내느라
뜨거워지고

나는
가슴에 알알이 박힌 석류알 깨물며
갈바람 한 줌 따라간다

더덕 서리

불알친구 정화를 따라 광일이 아버지의 더덕밭에 갔다
광일이 아버지 몰래 광일이도 몰래 더덕 서리를 갔다
삼 년 동안 봄가을로 도둑고양이처럼 살금살금
더덕 서리 공범이 되었다
광일이 아버지께 걸리면 두 다리가
멀쩡할 리 없지만 그보다
친정엄마 귀에까지 전해지면 동네 망신일 텐데 하는
염려도 잠시 눈앞에 펼쳐진
노다지에 눈이 멀고 말아
정화도 나도 20kg짜리 두 자루씩 차 트렁크에
서둘러 싣고 줄행랑을 쳤다
마치 공비를 토벌하는 작전처럼 일사불란하게 치고 빠지는
더덕 서리의 시작은 삼 년 전 봄부터 시작되었다
봄바람에 향긋한 더덕 냄새가 코끝을 넘어오면
잊을 수 없는 더덕 맛의 유혹을 떨쳐버리지 못하고
영월 사는 언니와 강릉 사는 아줌마 아저씨들까지 몰려들어
남의 눈에는 광일이네 더덕 수확하는 날로 보였을 정도였다
광일이 아버지 이젠 다리에 힘이 없어서 더덕 농사도
짓지 못하고 광일이도 더는 더덕 캐가라는 전화도 하지 않는다
더덕밭이 전기발전소가 되고 말았다

감빛 얼굴

감빛 계절이 시작되는
강릉 선교장 24번 고택에는
어여쁜 처녀의 혼례식이 한창이다

처마 사이를 비껴간 햇살이
초가집 디딜방아 뒷마당에서
감을 달구고
이제 막 색조화장을 시작한 감나무 아래서
환갑을 바라보는 늙은 동창들의 얼굴에도
감물이 들어가고 있다

우리가 여기까지 어떻게 걸어왔는지
헛헛한 눈을 들어 하늘 한번 쳐다보다가
오늘만큼은,
감빛 물드는 노을에 눈 붉히며 서로의
얼굴은 외면한 채 돌아서 있다

효자 종합병원

혼례를 마친지 벌써 24년째 접어들었다
홀시어머니는 육 남매 중 셋째와 단둘이 살고 있었는데
심한 우울증으로 긴 세월을 보내다가
셋째 아들 장가보내던 날 함박꽃 같은 미소를 짓던
공주 같은 어머니였다
효자 아들 우리 집 세대주는
조석으로 어머니만 살뜰히 챙기느라
새댁이었던 나는 그저 밥순이에 지나지 않았다

그러던 중 2003년 12월 대형사고로
병원생활 4년, 요양병원 4년의 세월을 보내던 중
어느 날 불쑥
"내 곁에, 나 힘들 때 옆에 있어줘서 고맙다"고 했다
살아가면서 그 은혜 꼭 보답하겠다고 했다

그랬던 우리 집 세대주는 사람 좋아하는 팔랑귀여서
보증 아닌 보증 건에 연루되어 집이 브로커 손에 넘어가고
이래, 저래 남의 편이 되어가고 있었는데
사고로 척추와 손목을 다쳐 8년간 고생하더니

지난해 한쪽 눈마저 다쳐 거의 실명 수준에 이르렀다
양쪽 귀는 50데시벨로 소리 질러야 알아듣고
치과에서는 치아 임플란트 10개를 시술 중에 있는데,
폐기종이란 병명이 최근 추가되어 걸어 다니는
종합병원이 따로 없다

남은 세월 더는 다치는 일이 없기를,
아빠라는 이름으로 아이 곁에 오래 머물러 주기만을
기대하고 있다

무언의 돌탑

무심코,
누군가의 발끝에 스쳤을
돌부리를 알고 있다

다듬어지지 않은 채
부서지지도 않은 채
차곡차곡 쌓이던 말의 높이

흉터의 무늬가
전설처럼 기단을 올리고
위로의 손길이
나이테처럼 지평을 넓혀갔다

지금도
무심히 쏟아내는 말의 계단이
기억의 한계를 넘어서고 있다

존재에 대한 물음, 사유에 대한 성찰 사이

- 김서해 첫 시집 『나는 임원항으로 간다』를 읽고

김남권(시인 · 아동문학가)

존재에 대한 물음, 사유에 대한 성찰 사이

– 김서해 첫 시집 『나는 임원항으로 간다』를 읽고

김남권(시인·아동문학가)

시인의 의식은 사물을 보거나 사상을 보거나 끊임없이 존재에 대한 물음과 자기 성찰에 게으르지 않아야 한다. 순간순간 깨달음이 일어나야 하고 그 깨달음이 삶에 실시간으로 접목되어 행동으로 이어지고 의식의 흐름을 이끌어야 한다. 눈을 감는 순간까지 시인이라면 사유의 호수를 벗어나면 안 되는 것이다.

빛과 어둠이 쉬지 않고 반복되는 것처럼 깨달음과 성찰이 반복되고 진화해야 하는 것이다. 스스로에게 엄격하고 남에게 관대해야 하는 것이다. 시적 언어를 찾아가는 일은 이러한 자신의 의식의 흐름부터 치열해야 누군가의 가슴에 한 줄기 공감의 빛을 비출 수 있다. 공중을 나는 새가 한순간 한눈을 판다면 자신이 원하지 않는 곳으로 추락할 뿐만 아니라 목숨도 잃을 수 있는 것처럼, 사유와 성찰은 한순간도 놓을 수 없는 날갯짓 같은 것이라고 할 수 있다.

이러한 사유와 성찰이 지속적으로 이어질 때 존재에 대한 물음도 답을 찾을 수 있다. 그리고 시와 시인이 걸어가야 하는 길이 비로소 보이게 될 것이다.

김서해 시인이 선보이는 첫 시집 『나는 임원항으로 간다』는 유방암에 걸려 수차례 수술을 받으며 생존 의식을 불태우고 있는 그녀의 존재의 물음에 해답을 스스로 찾아가는 여정이 될 것이다. 8년 전쯤 딸 보빈이가 '동시야 놀자' 방과 후 수업에 첫 제자로 왔던 인연으로 만나 이어 온 끈이 8년 후, 엄마 김서해 시인이 글쓰기 수업에 참여하면서 모녀지간이 모두 제자가 되는 특별한 인연을 맺게 되었다.

하얀 얼굴에 작고 귀여웠던 보빈이의 손을 잡고 영월로 정선으로 평창으로 강물과 산자락과 꽃과 물고기를 보느라 곳곳을 누비며 돌아다녔다. 한 달에 두세 번 글쓰기와 책 읽기, 독후감 숙제를 내줄 때 가끔은 부담스럽고 짜증 날 만도 한데 착하게 잘 따라와 준 보빈이는 어느덧 중학교 3학년이 되었고, 마키아벨리의 군주론을 읽고 있다.

머지않은 미래에 사랑스러운 보빈이가 세상을 읽어내고 자신의 존재에 대한 물음을 찾아가는 아름다운 작가의 피를 이어받을 수 있지 않을까 조심스레 기대해본다.

김서해의 첫 시집은 유방암 판정을 받고 몇 차례 수술을 받으며 항암치료를 하는 동안 겪게 되는 자신의 인생에 대한 회고로부터 출발한다. 사람이 어려운 일을 겪고 나면 자기 주변에 누가 있는지 보이는 것처럼, 한 생애를 살아오는 동안 만났던 수많은 사람들 중에 지금 남아 있는 사람들이 그녀의 진짜 친구이자 소중한 인연들이 아닐까 싶다. 어린 시절부터 죽고 못 사는 죽마고우들, 같은 시대의 살아가는 사람들의 아픔과 상처를 들여다보는 뜨거운 시선과 딸에게 보내는 엄마의 애틋한 마음과 오랫동안 기억하고 싶은 에피소드, 그리고 변하지 않는 미래에 대한 희망의 메시지를 담고 있다.

어느 때보다 삶의 의지를 불태우며 하루하루를 열정적으로 온 마음을 다해 살고 있는 김서해 시인의 온기가 시편마다 붉은 노을처럼 물들어 있다.

가릴 수 없는 하늘을 이고
증산 교차로에 걸린 잿빛 구름이
민둥산을 넘어왔다
아직은 때가 아니라는 듯
입을 꾹 다문 채로 서서
안간힘을 쓰고 있다

햇살 뜨거운 여름날을 지나온 지가
엊그제 같은데
홀로 출구가 안 보이는 터널을 지나고 있다

조금만, 참아 보자
칠 부 능선을 넘으면 정상이 보이는 것처럼
조금만 더 힘을 내보자
조금만 더,

갑자기 굵은 빗방울이 쏟아지기 시작하고
땅이 팬 곳마다
숨어 있던 이파리들이 얼굴을 내밀고 있다

직진 신호가 들어오고
텅 빈 도로 위로 그리운 이름들이 하나둘
떠올랐다

– 「8차 항암치료 받던 날」 전문

　　혼자서 항암치료 받으러 가는 길의 울음을 참은 담담한
다짐이 교차로 직진 신호를 기다리는 1분 30초의 짧은 시
간 동안, 마치 한 생애가 스쳐 지나가듯 주마등처럼 지나가
고, 사랑하고 보고 싶은 얼굴들의 이름이 기억나는 영화의
한 장면을 보는 듯하다. 시의 이미지가 시인의 이미지와 연

결되어 그 순간의 심정이 주파수처럼 심장 속으로 건너와 박힌다. 그리고 수술실에 들어가면서 느꼈을 쓸쓸하고 적막한 심정을 표현한 시가 항암치료를 받으러 가던 날의 심정과 오버랩되면서 가슴속에 들어와 박힌다.

칼바람이 얼굴을 쓸고 가던 날
아버지를 산자락 양지바른 곳에 홀로 남겨두고
집으로 향하던 길은 적막하고 쓸쓸했다

지난해에 이어서 세 번째 수술대에 오른다
이 시간을 잘 건너가야 하는데,
아버지를 묻고 홀로 걸어오던 그날이 떠올라
마음이 종잡을 수 없이 방망이질을 한다

배웅하는 딸의 빨개진 눈망울이
손발을 칭칭 감아올린다
소리 낼 수 없는 슬픔이
입천장을 타들어 가고
목줄기가 화끈거린다

그래,
엄마 없는 딸은 만들지 말아야지

수술실 방문 앞에서
딸아이의 이름을 부르며 입술을 깨물었다

– 「수술실 앞에서」 전문

어린 딸을 눈앞에 두고 수술실을 드나들어야 하는 어미의 심정은 겪어보지 않은 사람은 절대로 알 수 없는 슬픔과 절망으로 다가온다. '엄마 없는 딸은 만들지 말아야지'라는 문장에 이르면 그 절박함이 얼마나 뜨겁고 가슴 타는 일인지 어쩌면 마지막으로 불러 보는 이름이 되지 않을까 노심초사하며 천장을 바라보며 수술실로 향하는 동안의 병원 복도는 반세기를 넘게 살았던 시간보다 길게 느껴졌을 것이다.

새벽이슬이 나뭇잎에 내려앉으면
은방울처럼 반짝이는 네 미소가 보였단다

비 오는 날, 우산에 앉았던 빗방울이
똑똑 또르륵 떨어지는 걸 바라보던 눈망울은
별빛보다 투명하게 반짝였단다

엄마가 화나면 도깨비 같지만
알고 보면 천사라고,
'엄마는 내가 잠잘 때 하늘로 올라가나 봐' 했던

내가 만난 최초의 천사였단다

높고 청명한 하늘에
일곱 색깔 무지개를 그려 넣으며
가슴 벅찬 상상의 나래를 펴는
수선화 꽃송이였단다

내 최초의 아가이자
내 마지막 아가, 내 딸로 와 줘서
네가 '엄마'라고 부를 때마다
가슴이 뜨겁게 달아오를 수 있게 해줘서
참 행복한 소풍이었다

고맙다
사랑한다 내 딸!

– 「딸에게」 전문

　세상의 처음이자 마지막 보물로 다가와 준 딸, 보빈이는 김서해 시인이 살아갈 유일한 희망이자 꿈이다. '엄마'라는 존재를 깨우쳐 준 유일한 핏줄, 그 살아있음의 기쁨을 누리게 해 준 보석보다 빛나는 존재인 것이다. 시간을 거슬러 올라간다고 해도 똑같은 선택을 했을 아름다운 꽃송이에게 보내는 김서해의 첫 번째 고백이 여기 있다.

병실에 누워서 보는 하늘은 바다를 닮았다

파도가 춤을 추며 백사장으로 밀려오는 순간이

소녀 시절의 정화의 눈빛을 닮았고

방파제를 넘어오는 새하얀 포말의 입자는

청년 시절 일주의 열정을 닮았고

수평선을 끌고 오는 끊임없는 정성의 손길은

장년의 하용이를 닮았다

어깨동무를 하고 함께 밤길을 걸어가던 무렵

마중 나와 있는 별빛 하나로도

가슴 뜨거워지던 순간이 떠오른다

하루 종일 드리웠던 미끼도 없는 빈 낚싯줄을 거둬들이는

강태공의 발걸음이 가벼운 것처럼

같은 시간 같은 하늘의 별을 바라보며

눈빛 마주치던 순간의 기억 하나로

평생의 동행은 아름다웠다

- 「일주 하용 정화에게 1」 전문

김서해 시인의 절친 일주, 하용, 정화는 시집의 곳곳에 등
장한다. 어린 시절부터 지금까지 각별한 우정을 나누고 있
는 세 사람의 아름다운 인연은 친구의 더덕밭에서 친구 아
버지 몰래 더덕 서리를 하고, 서로 무슨 일이 생기면 허물없

이 찾아와 마음을 주고받는 사이로 그 끈끈한 진심이 곳곳에서 발견된다. 봄 들판에서 뜯은 쑥으로 떡을 만들어 강릉에서 원주까지 한달음에 달려와 떡만 휙 던져주고 가는 친구의 속 깊은 마음이 김서해 시인이 힘을 내어 살아가게 하는 힘이 아닐까 생각한다. 아파보니 내게 남은 사람이 얼마나 소중한지 알겠더라는 그녀의 말이 증명되는 셈이다.

열대야로 잠 못 드는 네온사인 불빛들이
밤새도록 캄캄한 대지를 떠받치고 있다
아무도 없는 거리에 서서
희미하게 밝아오는 관악산 봉우리를
바라보고 있다
병실 밖으로 도시의 분주한 아침이 열리고
빌딩 숲 사이로 밀고 들어온 햇살이
침대 위로 쏟아진다
지난밤 병원으로 오는 횡단보도를 건넌 사람은
얼마나 될까
회전교차로에서 무심하게 꽁무니를 감춘 택시에서 내려
오렌지색 캐리어를 끌고 가는 선글라스를 쓴
여자의 까만 머릿결이 반짝인다
주차장으로 들어가는 차단기가 올라간다
검은색 승용차 뒷문이 열리고

선글라스 여자를 태운 차량이 쏜살같이 빠져나갔다
갑자기 병원 정문 앞 광장이 텅 비었다
늦은 현기증이 밀려왔다

－「안 바쁜 여자」 전문

   수술을 마치고 병실 유리창 밖으로 내려다보이는 사람들의 풍경은 새삼스럽고 생경하기까지 할 것이다. 매일 지나다니던 길도 환자가 되어 병실에서 바라보는 시선은 만감이 교차하는 풍경이 된다. 주차장으로 향하는 차단기가 올라가고 선글라스를 쓴 여자를 태운 차량이 쏜살같이 빠져나가는 풍경은 병실 안 환자의 모습과 극명하게 대비된다. 그건 어쩌면 현기증보다 더 뜨거운 생존의 이면이 아닐까.

대학병원 입원실 십육 층 아래를 내려보다가
현기증이 났다
환자복을 부여잡은 채
안간힘을 쓰던 공포의 순간이
고열에 달궈진 칠월의 아스팔트 위를 지나가듯
뒤로 물러나고 있다

아득한 기억 저편으로 수평선이 보인다
갈매기 한 쌍 날개 적신 바람을 이마에 올려놓고

백사장을 가로질러 간다

언제쯤이었을까
나리꽃 만발한 들녘을 가로질러
하얀 나비 한 마리 내 품으로 날아오던 그때,
까마득하게 올려다보이던 하늘 저편으로
아지랑이 같은 현기증이 몰려왔었다

지금 나는 꿈을 꾸고 있다

— 「낮잠」 전문

「안 바쁜 여자」의 연작시 같은 느낌을 주는 「낮잠」은 김서해 시인이 지금 자신에게 주어진 현실이 한바탕 꿈이길 바라는 간절한 염원이 스며 있는 작품이다. 아득한 기억 저편에서 날아가고 있는 갈매기처럼 자유롭게 비상하며 꿈속에서처럼 자신의 희망대로 어디든지 날아갈 수 있고, 누구든지 만날 수 있고 무엇이든지 할 수 있는 그런 순간에 대한 염원이 짧은 낮잠 속의 한바탕 꿈으로 드러나길 기대하고 있다.

초록의 어린 물결이 줄줄이 흔들린다
바람이 공평하게 숨을 쉬는 중이다
나폴레옹의 허리를 숙이게 했던 순간부터

토끼의 단순한 먹이가 아닌
행운의 상징으로 운명이 바뀌고 말았는데
소우주를 품은 듯
순수한 대지의 별꽃을 피워 새로 오는 사람의
운명을 밝히고 있다

어쩌다 눈에 띄었을까
차별 없는 세상을 알리려고 이파리 하나로
말을 거는,
깊고 푸른 눈동자

　　　　　　　　　　　　　　　－「네 잎 클로버」 전문

　그럼에도 불구하고 김서해 시인은 희망의 끈을 놓지 않는다. 아니 한 번도 놓은 적이 없다.

　나폴레옹이 허리를 숙여서 목숨을 건질 수 있었던 것처럼, 시인도 화자를 빌려 스스로를 행운의 상징으로 만들어가고 싶은 것이다. 세상을 향해 자신의 존재를 알리고 싶어서 세 잎이 아닌 네 잎으로 고개를 들고 '나 여기 있어요' 외치는 마지막 몸부림을 낮별처럼 외치고 있는 것이다.

사방이 검은빛으로 둘러싸였던 시절,
검은빛 속에서 태어나

검은빛 속으로
어린 것들의 울음을 이끌고 끝이 보이지 않는
무거운 발길 옮기셨을 아버지,

울다 지친 어린 것들은 탄 죽 묻은 곡괭이 자루에
심장이 꿰인 듯 숨소리도 못 내고
파르르 떨려오는 삼동을 지나느라
붉은 울음을 삼켜야 했다

야멸찬 칼바람이 손가락 마디마디 새어 나오고
눈물마저 얼어버린 시간을 남겨 두고
한 걸음 옮기고 뒤돌아보고
또 한걸음 옮기고 뒤돌아보셨을 그 눅진한 발걸음
별자리마다 새어 나온다

겨우 사십 여년,
살아온 시간이 너무 짧아
제대로 그 이름 불러 보지도 못했는데
반백의 고개를 넘어
몇 번이나 그 이름을 불렀는지
몇 번이나 그 모습을 그렸는지
동짓날 밤을 하지처럼 지새우며
검은 숨소리 내려놓으신 그 땅의 흙냄새 맡으러

새벽길을 나선다

- 「사북」 전문

　김서해 시인의 남편이 사십여 년 동안 몸담았던 탄광이 있는 곳, 지금은 강원랜드가 들어서고 폐광이 된 지 십 년도 더 지나 냇물은 본래의 빛깔을 찾아가고 지하 천 미터 갱도를 삶의 터전으로 삼았던 사람들은 모두 진폐·규폐 판정을 받고 사북을 떠났거나 그중의 절반 이상은 이승을 떠났다.

　80년 4월 어느 날, 사북의 동원탄좌 광부들이 열악한 근로조건과 어용노조에 반발해 들고 일어났던 사북항쟁은 비상계엄 확대 조치로 군경에 의해 진압되면서 70여 명이 연행되고 40여 명이 구속되었다. 그로부터 사십 년이 지난 사북은 광부들은 떠나고 카지노로 불야성을 이룬 소비도시로 변모해 그날의 흔적조차 찾기 어려워졌다.

　후끈 데워진 백사장을 세 여자가 걷고 있다
　한 여자: 무좀 걸린 발 소독되겠다
　한 여자: 찜질방 온 것 같다
　어린 여자: 사막 같아요

　바다를 보고

한 여자: 오목한 그릇에 물 담아 놓은 거 같다

한 여자: 잔잔한 게 청포묵 같다

어린 여자: 하늘과 바다가 붙었어요

바위에 앉은 갈매기 두 마리를 보고

한 여자: 엄마랑 딸이 얘기한다

한 여자: 쉬는 중이다

어린 여자: 엄마! 우린 밥 언제 먹어요

홀로 남은 갈매기를 보고

한 여자: 말동무가 필요한가

한 여자: 잠이 부족한가

어린 여자: (빨리 밥 먹으러 가야 하는데⋯)

– 「달라도 너무 달라」 전문

슬며시 웃음이 나는 작품이다. 엄마와 엄마 친구와 딸이 함께 걸어가는 바닷가의 풍경은 서로 내뱉는 말 속에서 진심이 느껴지고 각자 다른 생각을 하고 있는 속마음과 숨은 심리가 느껴져서 재미와 위트가 동시에 느껴지는 시다. 세 사람의 생각과 행동과 속마음이 모두 다른, 그러면서도 누구 하나 강력하게 자기 생각을 주장하지 않은 채 서로의 마음을 건드리지 않고 대화체로 시작해서 대화체로 마무리하는 이런 시적 접근은 기존의 시 형식을 깨는 심리구조를 드러내면서 김서해 시의 새로운 가능성을 보여주고 있다.

> 1980년 가을 운동회 날
> 지장산 너머에서 헬리콥터 두 대가 날아와
> 동원국민학교 운동장에 뿌연 흙먼지를 일으키며 착륙했다
> 까만 안경을 쓴 남자가 운동장의 부모님들께 인사를 하더니
> 전교생에게 그랑프리 크레파스를 나눠주고 다시 흙먼지를
> 일으키며 요란스럽게 헬리콥터를 타고 사라졌다
> 40년이 지난 요즘 골프 치는 그 남자의 모습을 가끔
> 텔레비전에서 본다
> "대머리 아저씨, 물어볼 게 있는데요,
> 그때 나눠 준 크레파스 누구 돈으로 사 왔어요?"
> 전 재산이 29만 원밖에 없다면서
> 고급 승용차를 몰고 비싼 집에 살면서 골프를 치러 다니는
> 거짓말 잘하는 구렁이 한 마리,
> 사십 년 전 그날, 신나서 크레파스를 냉큼 받아 든 나도
> 뇌물죄에서 벗어나려면 대머리 아저씨
> 죽기 전에 십팔 색이 든
> 크레파스 돌려줘야 하는데…

– 「물어볼 게 있어요」 전문

1980년 5월, 광주 시민을 향해 공수부대 특전단을 투입

하고 발포 명령을 내려 수많은 무고한 목숨을 빼앗아 간 범죄자는 대통령을 지내고 부정축재로 모은 재산은 차명으로 빼돌리고 전 재산이 29만 원밖에 없다고 거짓말을 하며 사과 한마디 하지 않은 채 뻔뻔하게 골프를 치고 호의호식하며 살고 있다. 김서해 시인은 어린 시절 그가 주고 간 크레파스 하나를 아직 돌려주지 못한 것에 치욕스러워 한다, 범죄자로부터 받은 뇌물은 공소시효가 없어야 하는데, 오랜 시간을 마음의 짐으로 떠맡기고 간 크레파스 하나 때문에 시인은 그날의 대머리 아저씨를 향해 세상을 그렇게 살면 안 되는 거라고 말하고 있다.

다리 건너 이장님도
재 너머 슈퍼 아저씨도
강릉 사는 변 여사도
서울 사는 영월댁도
촛불을 들었다

탐욕으로 얼룩져
꽁꽁 얼어버린 민심을 태우려고
한겨울의 한파 속에서
서로의 체온을 나누며
촛불을 들었다

해설

한겨울에 뜨겁게 피어난

백만 송이 장미,

세상을 밝히는 횃불이 되었다

밤바다를 밝히는 등대가 되었다

– 「광화문 촛불」 전문

그래서 그는 촛불을 들었다. 아니 촛불을 들지 않으면 안 되었다. 시민을 향해 발포 명령을 내렸던 자가 뻔뻔하게 살아서 눈 하나 깜짝하지 않고, 꽃봉오리 같은 어린 생명들이 바다 한가운데서 배와 함께 침몰되어 가는데 모두 살려낼 수도 있었던 7시간 동안, 거울 속에 갇혀서 304명의 생때같은 목숨을 물속에 수장시킨 공주는 정신병자의 아바타가 되어서 제정신을 차리지 못했다. 그런 캄캄한 순간을 더 이상 지켜볼 수만 없어서 촛불을 들고 광화문 광장으로 향해야 했다. 딸을 가진 부모이기에, 자식이 살아갈 세상이 더 이상 비참해지는 것을 두 손 놓고 바라볼 수만은 없었기에….

해 질 녘 오목한 산촌의 외딴집

허술한 굴뚝에 연기가 피어오른다

그 집에 손님이 들었나 보다

아침에도 굴뚝엔 연기가

나오지 않았는데

냇가에서 하루 종일 쩡쩡,

얼음 갈라지는 소리만 요란했는데,

지난밤 문지방을 드나들던 바람에

잠을 설쳤는데

마당 가에 밤새 머물다 돌아간

산짐승의 발자국도

남아 있는데,

그 집, 허술한 굴뚝에 연기가 피어오른다

─「애가 타」 전문

    가난한 산촌에 손님이라도 들었나 보다. 며칠 동안 연기도 피어오르지 않던 굴뚝에 연기가 솟아오르고 사람이 살아있다는 신호를 보내고 있으니 얼마나 다행한 일인가. 불과 몇십 년 전의 일이다. 그렇게 굴뚝의 연기로 살아있다는 흔적을 봉화처럼 발견하던 시절, 얼마나 다행인지 모를 서로에 대한 안부가 이렇게 절실하게 전달될 수도 있구나 하는, 시인의 정서와 감성이 살아있는 김서해 시인의 이미지즘을 발견하는 대표시라 할 만하다.

양지꽃, 산딸기꽃, 매발톱꽃, 비비추를
지나온 바람이
여린 미나리냉이 허리를 비집고 라일락의
가슴 속으로 뛰어들었어요

한순간, 서로의 몸을 어루만져 주는가 싶더니
실오라기 하나 없이 나를 홀딱 벗겨 놓고는
꽃빛으로 풀빛으로 물들여 놓더라구요

그거 알아요?
이 순간을 내가 얼마나 기다려왔는지,
그동안 내가 얼마나 부끄러워했는지,

지금 내 몸에선 라일락 향기가 나고 있어요
혈관 속으로 연보랏빛 피가 돌기 시작했거든요
바람의 날개가 돋아나려나 봐요

– 「오월 愛」 전문

자연 그대로의 의미를 살려내는 김서해다운 서정성이 따뜻하게 흘러넘치는 '오월 애'는 꽃이 피는 순간을 운명처럼 기다려 온 시인의 간절한 염원이 별빛처럼 녹아 있다. 얼마나 기다려왔으면 온몸에서 라일락 향기가 나고 연보랏빛 피가 돌기 시작하고 바람의 날개가 돋아날까.

나는 지금 참 행복합니다

중3 딸아이 학교 교문 앞입니다

억수같이 쏟아지는 장대비 속에 서 있지만

곧 교문을 나설 세상에서 가장 아름다운 꽃

한 송이를 만날 생각에 가슴이 벅찹니다

딸이 좋아하는 김치찌개를 끓여놓고

계란말이를 만들어 놓고 나오는 길입니다

조금 있으면 따스하고 촉촉한 밥상 앞에서

작은 입을 오물거리며 밥과 찌개를 먹을 생각만 해도

가슴이 설렙니다

언제 저렇게 부쩍 컸나 싶을 정도로 예닐곱 살 아가의 모습이

눈에 선한 딸입니다

앞으로 남은 시간 더 공들여

아껴주고 바라봐야겠습니다

품 안의 자식이라 했던가요

그러기에 품 안에 있을 때 더 위해야겠습니다

원주로 이사 온 첫해 하굣길,

낙엽 지는 가로수 길을 걸으며 기분이 오묘했다고

하던 아이입니다

내가 십 대였을 때 느꼈던 감정이 그랬던 것 같습니다

이 비 그치고 나면 울긋불긋

나뭇잎이 바람에 날리겠지요

단풍잎이 가득 쌓인 가로수 길을
함께 걸을 생각을 하니 벌써부터 가슴이 설렙니다

- 「꽃마중」 전문

중3 딸아이의 학교 교문 앞으로 마중을 나간 화자는 마치 꽃이 피려는 순간 미리 마중을 나가 기다리고 있다가 꽃이 활짝 피는 순간 함박웃음으로 맞이하고 싶은 심정을 딸 마중으로 감정 이입하여 표현하고 있다. 세상에서 가장 아름다운 꽃, 그 꽃의 이름은 보빈이다.

그 설레고 떨리는 절대적인 순간을 함께 지켜보는 마음이다.

목이 삐딱해진다
입술이 사방으로 실룩거린다
어깨가 지붕 위로 올라가려 한다

혈압이 상승하고
맥박이 빨라진다
일이 손에 안 잡힌다

쇼핑이 하고 싶고
외식도 하고 싶다
저절로 노래가 나온다

수십 번 겪어도

내성이 생기지 않는

증상은 구 년째 늘 똑같다

딸이 또 상장을 받아왔다

—「상장 울렁증」 전문

엄마가 되었다는 최고의 순간이 이런 때가 아닐까? 가만히 있어도 웃음이 나오는 그런 순간은 꽃마중에 이어서 계속되는 딸 바보의 자기 자랑이다. 그러나 그 모습이 어쩐지 귀여워 보이고 대견하기만 한 초보 엄마 그대로의 순간이 그려진다. 매일 겪어도 매일 반복되게 되는 딸이 상장을 받아 오는 순간은 엄마가 세상의 부모로 존재하게 하는 특별한 이유가 된다.

아버지의 탯줄을 자르고

나의 탯줄이 잘린 임원항,

세상에 태어난 첫 번째 기억은

국민학교 입학 전

고무대야를 머리에 이고

엄마를 따라 임원항으로 가면

배에서 내리는 아버지를 만났었다

엄마는 아버지 일을 거들고

아버지는 내게 생선을 한 마리 쥐여주었다

고등어 같기도 하고 새치 같기도 한

팔뚝보다 큰 생선을 받아들고

찐빵 파는 아줌마 가게로 갔다

또래 아이들도 생선 한 마리씩 받아들고

찐빵집 앞으로 모여들었다

팥고물이 가득 든 김이 모락모락 나는

찐빵 한 개를 생선 한 마리와 바꿨다

찐빵 앞뒤로 설탕을 잔뜩 묻혀서 한 입 베어 먹는

달콤하고 황홀한 순간을 지금도 잊을 수가 없다

고등어구이를 먹다가 아버지가 건네주던

그 시절의 생선이 생각나 눈시울이 뜨거워졌다

찐빵을 한 개만 먹을걸,

두 개 세 개 욕심내서 먹던 어린 나에게 화가 났다

생선 상자를 지게에 가득 지고

군부대를 지나 사기촌으로 뚜벅뚜벅 걸어가던

아버지 뒷모습이 눈에 선하다

다리를 건너고 논두렁길을 따라가던

여섯 살 무렵의 내 아버지를 따라

오늘은 나 혼자 임원항으로 간다

- 「나는 임원항으로 간다」 전문

이 시집의 표제 시다. 이제는 세상에 없는 아버지를 향한 그리움과 안타까운 기억이 고향의 항구를 향한 어린 시절의 추억으로 소환되고 있다. 수구초심이라 했던가.

아버지가 새벽같이 바다에 나가 잡아 온 생선 한 마리를 들고 가 찐빵 한 개와 바꿔 먹었던 철부지 소녀는 이미 그 아버지의 나이를 넘어 그때의 자신보다 훨씬 크게 성장한 딸과 함께 고등어구이로 저녁밥을 먹는다. 아버지가 온몸으로 낚아 올린 생선 한 마리 대신 그리움이 목울대로 타고 올라오는 순간의 기억을 떠올리며 여섯 살 무렵의 화자가 아버지 손을 잡고 고향 임원항으로 간다, 그곳에 마중 나와 있을 아버지를 떠올리며….

석류가 터졌다
어느 여인의 억장이 녹아
저리도 붉은 핏빛이 되었는가

단풍에 울고 있는 계절은
가을을 보내느라
뜨거워지고

나는
가슴에 알알이 박힌 석류알 깨물며

갈바람 한 줌 따라간다

－「석류비」 전문

단풍이 들 듯 석류가 익어서 알알이 붉게 터진다. 핏빛 노을보다 더 진한 뜨거움으로 쏟아지는 석류알은 가을을 보내느라 가슴에 알알이 박혀 터지고 만다. 가을바람이 불면 석류도 누군가의 가슴을 물들이고 뜨겁게 뜨겁게 불타오르는가, 석류비가 가을을 온통 뒤덮은 이 순간을 화자는 독자를 끌어들여 함께 놀자고 권하고 있다.

무심코,
누군가의 발끝에 스쳤을
돌부리를 알고 있다

다듬어지지 않은 채
부서지지도 않은 채
차곡차곡 쌓이던 말의 높이

흉터의 무늬가
전설처럼 기단을 올리고
위로의 손길이
나이테처럼 지평을 넓혀갔다

지금도
무심히 쏟아내는 말의 계단이
기억의 한계를 넘어서고 있다

–「무언의 돌탑」 전문

김서해의 간절한 염원은 무언의 돌탑에 이르러 절실함으로 완성된다. 평소에 무심코 지나쳤던 길 위에 누군가의 발에 밟히고 채였던 돌부리 하나는 또 누군가의 간절한 염원이 되어 하늘 향한 돌탑을 쌓아 올리고 있다. 어쩌면 화자는 시인을 대신하여 자신 내면의 염원을 차곡차곡 쌓아 올리며 그 간절함을 쌓아 올리고 있는 것이리라. 언어의 계단을 쌓아 올리듯이, 말의 온도를 높이듯이 그렇게 진실한 염원이 쓰러지지 않게 작은 돌을 고여 큰 돌을 쌓아 올리고 있다.

김서해 시인의 첫 시집은 심상주의를 표방하고 있다. 시편마다 자연과 사물을 관조하는 이미지가 가슴에 심상으로 맺히고 기억의 시공간을 넘나드는 이야기가 드라마처럼 펼쳐진다.

자신을 향한 내면의 불빛과 딸을 향한 뜨거운 숨결, 그리운 사람들을 향한 아름다운 메시지가 순수하고 따뜻한 물결을 이루며 흐르고 있다. 거칠지 않은 언어로 거친 세상을 향한 다정한 손짓을 보내다가도 촌철살인의 문장을 화자의 힘을 빌려 쏟아내는 결기를 보여주기도 한다.

삼척 바닷가 어촌 마을에서 태어나 성장하고 탄광촌에서 아이를 낳고 키우다가 원주 혁신도시 한가운데로 나와 시인의 집 한 채를 짓기까지, 오랜 시간을 돌아서 온 김서해 시인의 현주소는 그래서 아직도 현재진행형이다.

펴낸날 2021년 12월 1일

지은이 김서해
펴낸이 주계수 | **편집책임** 이슬기 | **꾸민이** 이화선

펴낸곳 밥북 | **출판등록** 제 2014-000085 호
주소 서울시 마포구 양화로 59 화승리버스텔 303호
전화 02-6925-0370 | **팩스** 02-6925-0380
홈페이지 www.bobbook.co.kr | **이메일** bobbook@hanmail.net

© 김서해, 2021.
ISBN 979-11-5858-828-1 (03810)